새로운 인생

산지니시인선 015

새로운 인생

송태웅 시집

산지니

언제부터인지 시가 괴로웠다
그건 네 옷이 아니니 벗어버리라고
연기암 오르는 길의 시누대들이
죽비처럼 등짝을 때려왔다
긍정은 얼마나 불안과 염려가 뒤섞인
토양 위에서 자라나는 여린 나무였는지를
희망은 또 얼마나 포기와 체념이 도사린
오늘 위에 쓰이는 일기였는지를
간절하게 깨달으며 쓴 시편들이었다
지금부터 살기 위하여
지금까지 살아 온 것이라고 나는 썼다

| 차례 |

제2부 몽돌 해변

제3부 모래의 강

제4부 때죽나무꽃

제5부 내성적 사랑

제 1 부 새 로 운 인 생

풍경

네가 카메라를 들어 풍경을 들여다볼 때
나도 너와 같은 얼굴을 하고서 네 눈빛을 보았다
네가 카메라를 들어 풍경을 보기 전에
나는 이미 네 눈빛 속에 들어가 살고 싶었다

전언

돌을 쌓고 돌과 돌 사이에 콘크리트를 넣었습니다

돌에 매달려 나와 당신 사이의 침묵과 단절을 생각했습니다

아스라이 높아진 돌들에 기어올라 쓸고 닦고 물을 뿌려주었습니다

돌들도 돌아앉아 입술을 움직여 말을 해 오고 애써 고개를 끄덕였습니다

내 마음을 반죽하여 나와 당신 사이에 넣던 날이 있었습니다

하관

아침 일찍 일하러 가다가 산동 근처에서 본 장면이었던가. 갓 죽은 사람을 묻기 위해 모인 사람들이었다. 검은 상복을 입은 사람들이 영정을 앞세우고 이제 묻히기 위해 온 사람의 관을 둘러싸고 있었다. 그 사람들의 가운데에 삽날을 높이 쳐들고 있는 포클레인 한 대. 갓 죽어 묻힌 사람의 무덤은 당분간 온기를 품고 있을까. 음소거당한 전축처럼 아무런 소리도 들려오지 않았다. 오히려 구스타프 말러의 교향곡 제1번 3악장 장례행진곡의 한 대목이 어디선가 흘러나왔다. 포클레인 삽날이 집전하는 대로 사람들은 움직여 관을 땅 속에 묻고 각자 자동차를 몰고 흩어져 갔다.

절정

비 오는 토요일 아침
나무계단 만드는 실내작업에 붙들렸다

길호 형이 목재를 갖다 나르고
자춘이가 드릴로 구멍을 뚫고
강 이장님이 잡아 주고
순천 양반이 망치질을 하고
나는 완성된 나무계단을 창고에
차곡차곡 쌓았다

산더미 같은 작업량이 끝날 때까지
무한반복이었다

마침내 일이 끝났을 때
그 막막한 목재들이
드디어 다 없어졌을 때

내 열 손가락의 마디마디가

생의 절정에 기어오르기 위해
부들부들 떨고 있었다

마을 어귀에 핀 자귀나무꽃들이
나에게 온 따뜻한 위로였다

새로운 인생

바람이 긴꼬리도마뱀처럼
비닐문을 들치고 들어오나 보다
어둠이 미끈거리며 목덜미를 감쌀 무렵
방안에 웅크렸던 나라는 짐승을 본다

사람 하나였다고 믿었던 나의
껍질을 빈방에 결박해 두고

신원미상의 얼굴을 하고선
행자승처럼 새벽에 일어나
밥을 지어먹고
신발끈을 매고
쫓기는 사람처럼 집을 나선다

나는 당분간 일용노동자로 살기로 했다

내 등을 떠밀어 다오
서투른 몸동작으로

삽과 괭이와 해머와 철사와 커터 들을 다루는 나를
이제야 그들의 눈빛에서
체념과 순응의 본능을 읽을 줄 알게 된 나를
내 어머니에게 이런 나를 보여주고 싶다

새로운 인생을 향해
꿀꺽 침을 삼키는 나를

그 사람

왕겨 주고 바꿔 온
거름 끌어내리고
집으로 돌아온
쉰다섯에 홀로 된
그 사람
지금 벌써 일흔을
바라본대지

봄볕이 그 사람의
황토흙덩이 묻은
검은 장화 따라다니네

홀로 소주 한잔 마시고
방에 들어가
지금의 어두운 빛
퀴퀴한 냄새
갈퀴 같은 손매로 쓰다듬고

기억 합금처럼
제 몸의 형태 기억하는 이부자리
세상에 이보다 안온한 동굴은 없어

아버지 어머니도
뒷산 봉긋한 동굴 안에서
편안하시지요
나도 거기로 갈 연습을
매일처럼 하지요
그때 비로소 평등이
지평선처럼 이루어진 세상
거기서 영원히 살아요

길을 잃고 나는

등산로 정비하는 동료 인부들의 점심밥을 가지러 산길을 내려가다가 길을 잃었다 삼거리에서 바위를 끼고 오른쪽으로 꺾어야 하는데 직진을 해 버린 것이다 지게까지 짊어지고 온몸에 가시를 달고 있는 잡목 숲을 헤매었다

당신은 이미 내 마음속에 들어와 있는데 나만 그것을 모르고 미친 듯 당신을 좇고 있는가

주단 같은 세상의 길 잃고 가시덤불 숲속에 들어선 나는 숲속의 길 잃고 차들이 질주하는 도로에 들어선 고라니 같았다

길을 잃고 내가 찾으려 했던 것은 새로운 내가 아니라 내가 몰랐던 나였다 내가 몰랐던 내가 새로운 나였다

등에 짊어진 삶의 무게가 얼마나 무거워야 천칭의 반대편에 놓인 평안과 적절히 수평이 될 수 있을까 생각하다가

키 큰 소나무들이 지남철처럼 나를 끌어주어 길을 찾았고
점심밥을 찾았고 아무 일 없었다는 듯 인부들에게 가져다
주었다

석공의 노래

포클레인이 수족을 움직여
크고 사각진 돌을 놓으면
석공 재점이가
한 눈을 찡긋 감고서
놓여진 돌의 각도와 수평을 맞추고
포클레인의 말단 수족인 내가
돌의 밑바닥에 돌을 괴었다

때마침 온산을 진동하던
밤꽃향기와
검은등뻐꾸기의 울음소리도
돌과 돌 사이에 들어갔다

내 차라리
정과 망치를 들고 산천을 떠돌며
관음보살의 미간을 양각하던
석공이라야 했는데

포클레인은 이 세상의
온갖 소음이란 소음은 모두 퍼가지고 와
높다란 장벽을 쌓아대기만 했다

길가의 노파

구례군 마산면 냉천리 길가에
백발의 할머니 지팡이를 짚고 앉아
하염없이 누구를 기다리네
헤어드라이어처럼 접힌 허리에
밀가루 풀어놓은 것 같은 머리칼에
좁은 길어깨에 우두커니 앉아
소식 없는 자식 기다릴까
그집 뒤란에도 머뭇대는
우런우런 키를 키워
장년의 숲을 이루었을 텐데
이제 초로의 나이가 됐을 자식
오늘이라도 돌아오려나 기다릴까
침묵은 콘크리트 반죽처럼 굳어가도
시간은 갈수록 과속을 일삼는데
언제나 기적 같은 소식 날아와
냉천리 길가의 저 할머니
길가에 나앉아 있지 않게 될까

가문비나무 속으로 코끼리가 들어갔다

물을 찾아 나선 코끼리들은 왜 가문비나무 속으로 들어갔을까

상아를 찾아 나선 벌목꾼들이 정글도와 톱과 장총으로 무장을 하고서 코끼리들을 도살했다던가

코끼리들이 질매재에서 문수골로 내려와 한수내를 건너 백운산으로 쫓겨왔다던가

지금도 백운산 가문비나무 숲에 들어가면 나무들이 그때 할퀸 상처 아물지 않아 저녁내 앓는 소리를 낸다던가

밤마다 코끼리들이 나무에서 나와 산정을 향해서 무거운 파열음을 내면서 전진한다던가

그 뒤를 수많은 이파리들이 휘파람소리를 내면서 바람만 바람만 따라가고 있다던가

엘리베이터 안에서

엘리베이터 안에 항상 거울이 있는 건
나를 보면서 나를 보는 사람을 보라는 뜻일 게다

거울의 뇌는
엘리베이터에 탄 사람들의 표정을
프린트하듯 기억하고 있을까

엘리베이터 안에서
거울에 비친 나를 보는데
방금 내가 쓰고 나온 시를 떠올렸다

내가 쓴 시들이 이사 간 연인의 집 마당귀에
하염없이 쌓여가는 연서처럼만 보일 때
기린처럼 말이 없던 사람을 떠올렸다

기린 한 마리가
별사탕 모양의 관을 머리에 이고서
바오밥나무 사이로 저무는 석양을 보는 모습이

프린트되어 나왔다

쉬는 날

일주일 꼬박 사방댐 공사에 나가
돌 쌓는 일을 하다가
간신히 일요일이 와 주어서
하루 쉬는 날
허리와 옆구리와 손가락과 팔목을
쉬어 주기로 한다

일주일을 꼬박
아스팔트에 떨어져 내린
그대의 눈동자를 닮은
버찌들을 가슴에 품었다

자동차 바퀴에 으깨져
내 몸뚱이 안
오장육부를 까맣게 물들여 온
그대의 통증을
가슴에 안았다

일 나가지 않고
포클레인들이 돌 깨는 소리 대신
신록들이 내어 준 녹음 밑에 앉아
그대가 들려주는
침묵의 노래를 들었다

장날

장날엔 장에 가서 화분 하나를 사야지
새벽녘 책상에 달라붙는 빗소리는 화분에 심어야지

내가 두고 온 도시는 이미 나를 잊었으니
네가 두고 온 생각은 이미 너를 잊었으니

제 2 부 몽 돌 해 변

저 부도들

저 부도들에 새겨진 글씨가
나환자들의 얼굴처럼
코도 귀도 닳아간다

생은,
모든 쓸쓸한 것들이 지탱하게 해 주나 보다

부도에 새겨진 글씨는
처음부터 늙어서 태어난 사람 같다

나도 그렇게 쓸 수 있을까
보일 듯 말 듯
알 듯 모를 듯

설령 그대가

설령 그대가 먼저 내 곁을 떠난다고 할지라도
그대의 뒷모습이 마침내 한 점으로 사라질 때까지
그 자리에 석장승처럼 서서 바라보아야 한다

마음 아픈 이별도 지켜내야 하는 것이 사랑이니까
당신의 뒷모습마저도 오래 기억해야 사랑이니까
돌아와서 떠난 사람 노래할 수 있어야 사랑이니까

아들과 함께한 시간

아들아 기억나니 너 안고 시가지의 불빛을 보여주면 아빠, 별, 별 하고 가리키던 때를 너 서울에 계시는 어머니께 보여 드리려고 기차 타고 서울에 가 한강을 건널 땐 아빠, 바다, 바다 하던 때를 이제 아빠도 흰 머리가 무성해지고 할머니는 귀 어두운 상노인이 되었지 어릴 때의 네가 정신을 잃고 지켜보던 무당벌레 한 마리처럼 순정해질 수 있다면 너도 그 가녀린 목숨 더 굵고 넓어질 수 있겠지 느닷없이 들판으로 뛰어든 고라니의 시간이 너와 내가 함께한 시간일 텐데 오월이 되면 너 운전병이 되어 분단국가의 휴전선을 지키러 간다는데 아들아 너 모질게 눈 뜨지 말고 순한 나무처럼 거기 굳건히 서 있다가 무사히 돌아오너라 아들아

메추리알 장아찌를 담그며

　저녁이 오기를 기다렸습니다

　메추리알 장아찌를 담그려고
　메추리알을 삶고 육수를 내어 간장국을 끓였습니다
　간장에 멸치, 사과, 대파, 통마늘 들이 함께 들어가 달달
끓는 냄새로 집 안이 온통 요란해졌습니다

　혼자만의 식사를 위해 이거 웬 짓인가 싶기도 했지만
　간혹은 내가 내 스스로를 대접하지 않으면 안 되었습니다

　방 안에 있다가 마당에 떨어지는 목련꽃을 보기도 하다가
　자주 냄비를 열어 냄새를 맡아보고 메추리알과 양파채를
넣는
　올바른 순서와 적당한 시간을 헤아렸습니다

　아나운서만 달라진 같은 뉴스를 서너 번이나 더 들었습
니다
　평양에 갔다는 남한 가수들의 노래를 들었고

몇 방울의 눈물로 오늘 메추리알 장아찌를 기념했습니다

올바른 순서와 적당한 시간이란
실은 서로를 향해 마음을 여는 일이었습니다
메추리알처럼 동글동글 순해지는 일이었습니다

무언가(無言歌)

나무의 수액도 얼어붙고 보일러 기름도 떨어졌다
목련나무의 이파리들은 계절과 함께 순장됐다

대나무들은 중국의 거리에서 물을 묻혀 글씨를 쓰는 붓
처럼
논어의 문장들을 하늘에 아로새긴다

혹한을 잘 견디라는 그대의 육성 대신에
연체된 건강보험료 납부독촉서가 도착한다

추위는 한 겹의 옷을 더 껴입고 견디면 된다
다만 장좌하던 의자를 비워두고 몇날며칠을 떠돌다가 돌
아와
그간 해 먹던 음식의 종류를 망각하고
글을 쓰면 모조리 비문(非文)이 되고 만다

당신은 잘 있는가,
얼어붙은 손으로 당신에게 편지를 쓰다가

문득 노래를 불렀다
노래가 입 밖으로 나오지 않았다

길가에 누운 고라니 한 마리 1

효곡 저수지를 지날 무렵
자동차에 치여 죽은 새끼 고라니 한 마리 보았다

군 입대일이 다가오는 아들 보러
순천에 가는 길이었다

숲속에 있을 어미는
새끼의 죽음을 알고 있을까

내 나이 스물하나 되어 입대하던 날
아버지는 문 밖으로 나오지도 않았고
어머니는 기어이 나주역까지 와선
눈물바람으로 차창 너머로
때 묻은 종이백을 넘겨 주었다

예배시간을 알리는 무슬림의 구음이 들리는 듯했다
너무 읽어 너덜너덜해진 경전의 한 장을 찢어
낙타의 속눈썹 같은

자귀꽃의 꽃술 같은 눈썹을 감고서
아스팔트 위에 누워 있는
그 주검 위에 올려주고 싶었다

아들은 말없이 밥만 먹었다

숲속에 있을 어미는
어느 어귀에까지 나와
새끼를 기다릴까

길가에 누운 고라니 한 마리 2

읍내 나가는 길가에 차에 치여 죽은 고라니의 시신을 치워주지 못하고 돌아온 밤 기껏 손에 피 못 묻히는 손 가리며 잠들었습니다 아직 구물구물 김이 나는 쓸개며 간이며 위장이며 몸속의 오장육부를 쓸어담고 찢겨진 가죽에 입김을 한 번 불고 일어나 제 나온 산속으로 들어가는 것을 꿈에 보았습니다 다음 날 아침 그곳에 가 보니 아무런 흔적도 없었습니다 새벽 일찍 나온 누군가가 정말 고라니를 거두어 주었을까 몹시 궁금해졌습니다

거미

일찍 잠들지 못해 당신을 생각하는 시간이 더 길어졌습니다. 그럴 때 당신은 마트에 들러 사 오는 식품들처럼 탄수화물, 철분, 키토산, 아연 등으로 분해되기도 했습니다. 침대에 누워서 읽던 인생독본의 구절들은 실은 공용버스터미널 화장실 벽에 붙어진 경구들에 지나지 않았습니다. 새벽녘 간신히 잠든 다음 날 전날의 배고픔을 기억하는 이불을 알래스카 사람들의 얼음집처럼 만들어 놓고서는 거미를 떠올리던 날이 있었습니다. 거미는 어떻게 이 나무에서 저 나무까지 날아가 거미줄을 쳐 놓았을까요. 거미가 길 건너 저 나무로 도약하는 그 지렛대를 나도 갖고 싶었습니다. 나는 거미가 침샘쯤에서 분비하고 있을 어떤 점액질 그것이 무엇일까 궁금했습니다. 나도 끊임없이 당신을 향해 노래하면 그 점액질이 침샘에 고일까요. 길 건너 서 있는 당신이라는 나무. 그 나무를 향해 기어가다가 온몸의 체액이 말라버려 자신이 쳐놓은 거미줄 위에서 그대로 말라 죽은 거미 한 마리.

강아지가 왔다

네 발을 옆으로 가지런히 모으고
잠드는 어린 짐승이 내게로 왔다

축생의 시간이
나에게도 있었을 것을
인생의 시간이
그에게도 있었을 것을

이승의 시간 육십 일인
그의 눈동자 보는 일로
하루를 꼬박 보냈다

사람들이여
제발 나를 길들이려 하지 마
이미 못쓰게 길들어버린 그대가
내 눈동자에서 측은을 보려고도 마

어느 날 문득 내게로 온

그 무구한 눈동자와
함께 보낸 하루가
내 생에서 가장 순정한
하루이기도 하였다

별채를 허물고

마당 귀퉁이에 당산나무처럼 서 있던
오래된 별채를 허물었다
일 주갑을 서 있던 집이
반나절 만에 무너졌다
오래된 집에 살던 사람들
봄날의 잔설처럼 사라지고

장독대의 빈 항아리들
하나같이 뚜껑을 잃어버린 채
여기 드나들던 직박구리의 지저귐을 들을까

붉고 더운 피톨들
나무들의 몸을 돌고 돌아
드디어는 뒷산에 진달래 피어나고
구례 문척 섬진강변에 벚꽃들도
폭죽을 터뜨리고
사람들은 남부여대로
꽃 핀 풍경 보러 몰려갔다지

심청가 범피중류 한 대목

그윽이 물들일 때

기왓장 파편들만 남은

마당에 오래 서서

인당수로 떠나는 심청을 떠올려보네

새벽에 쓰는 시

오래 비워둔 방에 불을 넣고 누워
그대 머리칼 사이 불에 남은 미간
생각하며 밝아오는 새벽이 있다

어제는 두 해를 다녔던 직장에서
퇴직금 타 가라고 전화가 왔고
배급 끊겨 무장해제당한
대한제국의 군인처럼
파장한 오일장터를 서성거렸다

간혹 소고기를 볶아 미역국을 끓이고
영광굴비 두 마리를 구워
밥상을 차리던 날도 있었다

그러던 날에도
마루엔 가만가만 햇볕이 내려와
먼지 속에 떠돌며
기어이 내려앉지 않는

적막한 그대 얼굴
그려놓고도 가는데

생애의 한때를 기억하기 위해
구례 문척면 섬진강가
도열한 벚나무들은
개화를 다짐하는 것일까

새벽에 일어나
절망만 같은 시를 쓴다

몽돌 해변

어디에 내 얼굴이 있을까
찾아간 바닷가
눈도 코도 닳아 계란처럼
맨들맨들해진 몽돌들이
해안에 상륙하다가
기총소사로 떼죽음당한
무명병사들의 묘비들처럼 쌓여 있었네
언제쯤이었을까
언제부터였을까
돌들도 다 제각각의
얼굴이 있었을 텐데
파도에 구르던 몸짓도 달랐을 텐데
벨트컨베이어에 실려 나오는
규격들처럼 무명이 되고
영원한 사랑을 꿈꾸던 밤
너에게 건네던 말 한 마디가
돌미역 한 타래가 되어
몽돌들의 허벅지에 걸쳐지고

목 언저리를 껴안으면
맡아지던 냄새
내 말에 까르륵 웃던 얼굴의 음영이
몽돌처럼 닳아
밀물에 철썩거리네
먼바다를 향해 떠나는 바람에
몽돌들이 어깨를 들썩거리네

터널, 길고 어두운

저 길고 어두운 터널 지날 수 없어 자동차는 매복한 암사
자 앞에 선 톰슨 가젤처럼 수없이 주저하고 망설였다 돌아
가는 길은 없을까 들어가야 나올 수 있을 텐데 어쩌자고 뱀
아가리의 입구에서 멈칫거리는가 호주머니에서 딸랑거리는
두려움은 네 탓이 아니야 누구나의 시초는 어두운 동굴에
서부터였지 동굴에 아로새겨진 채찍 자국 같은 균열이며 수
많은 돌기들은 내가 병원 침상에 누워 위장내시경을 받으면
서 보았던 내 식도와 위장 안에 있었던 것과 같았지 그러니
침을 꿀떡 삼키고 길게 숨 쉬면서 춤을 추듯 지나가면 돼 테
오 앙겔로풀로스의 영화에 나오는 장면들에서처럼 길고 어
두운 터널도 파도 넘실대는 해변도 쫓기다 맞닥뜨린 도시
의 막다른 골목도 다 우리가 살아내야 할 공간일 뿐이지 들
어가 들어가서 나오지 못하면 거기에 정들이며 머무르면 돼
두려움은 네 탓이 아니야 춤을 추듯 지나가면 돼

제 3 부 모 래 의 강

청천 슈퍼

대은이와 청천 슈퍼에 막걸리 마시러 갔는데
주인 아주머니는 없고 어르신 혼자 있었다
꽁치통조림 김치찌개를 먹고 싶다고 했더니
어르신이 전화해서 아주머니를 급히 오게 했다
미나리와 고사리를 잔뜩 끊어 온 아주머니가
우리 먹을 김치찌개 당신들 먹을 된장찌개 끓여서
당신 먼저 자시고 계시오 하고는
친구들하고 전화로 이야기가 길어졌다
어르신 눈치를 보며 전화하던 아주머니가
영감이 나 쫓아내불면 오갈 데 없어라고 하니까
어르신이 빙긋이 웃더니 어이 된장국이 맛이 없네
하며 짐짓 아내에게 타박을 놓았다
아주머니가 방으로 급히 들어가 두 양반이 점심을 먹고
대은이와 나는 눈을 마주치며 막걸릿잔을 들었다

혼자 먹는 저녁

벌써 몇 집을 지나쳤나
혼자서 저녁 먹을 집을 찾다가
돼지갈비집도 생선구이집도
차마 들어갈 수가 없네
거리의 가로등들도
힘 잃어 비스듬히 선 듯한데
한때 나였던 너는
기억상실자가 되어
나를 알아보지 못하네

한때 너였던 나는
여전히 너처럼 웃고 말하는데
어느 허름한 식당 한 구석에
너인 듯한 사람 하나
국밥 그릇에 얼굴 박고
후룩후룩
쓸쓸해진 세상을 말아 먹네
혹시 아직도 너인 듯한 내가

어두운 식당 구석에 앉아
점자책을 더듬는 맹인이 되어
일생의 저녁을 먹네

모래의 강

모래를 안고 흐르는 강가에 갔네
시간은 흘러 모래를 남기고
강은 흘러 시간의 몸을 만드네

내가 채 알지 못하는 사람들의 얼굴들을
수면에 띄우며
육신이 빠져나간
조개껍데기들을 조문하며

강가는 모래들의 패총
너무 오래 살아
아무도 울지 않는 영결식장의 앞마당

모래의 눈
모래의 입술
모래의 허벅지
생의 색으로 침착되어
거무스름해진 그대의 꼬리뼈

생의 아수라를 돋을새김한 모래톱에서
예고 없이 정전이 온 듯한 고요 속에서
너의 긴 생머리를 닮은
강의 몸을 보네

아직 죽지 않아 애달픈 나날
노을이 수천 마리 물고기가 되어 파닥거리네

경로우대증 받은 노인이 되어
집으로 돌아오네

귀로

저녁 10시에 수업이 끝나서
눈 내리는 밤거리로 용수철처럼 튕겨 나왔다
나는 근 20년을 전원만 넣으면
자동으로 돌아가는 녹음기였다
책 한 줄 읽지 않아도
다음 또 그다음으로 내달리는 화물열차
코에선 시커먼 그을음
양쪽 갈비뼈 사이에선
목쉰 기적 소리가 울릴 것 같다
집으로 돌아가는 밤열차까지는
아직도 두 시간이나 남아서
불빛 침침한 청과물 가게에 가
귤 한 봉지 사 들고
사그라지지 않는 관솔불
지친 마음속에 간직한 채
너의 집 초인종 울릴까
이 야심한 시간에
너 날 한심한 무뢰배로 보아도 좋아

요실금에 걸린 사람처럼
찔끔찔끔 눈시울 붉히면서
오늘의 힘겨움 간신히 가리면서
너 없는 날들 이렇게 견디었다는 말
전하고 싶었는데
테이블 두 개 건너
일해 주고 돈 못 받은 사람
전화기에 대고 하소연하는 그 사람의 말
등 뒤로 들어 주면서
혼자만의 술잔을 드네
또 다른 나라야 너의 집
문 앞에 서 있을 수 있네

초상집에서 눈 뜬 새벽

초상집에서 눈 뜬 새벽
풀섶에 잠든 새 한 마리 보았다

사람들이 고개 들어 하늘을 본다면
새들은 날개 접고 땅 디딜 날 꿈꾸리

제 젖 물려준 땅 나무 위
제 젖 물려준 어미의 냄새 그리워하리

이슬 덮고 누운 새의 주검은
어쩌면 벚나무의 낙화와 같은 것

심해에 가라앉은 사람들도 문득 눈 떠
칠흑 어둠 속에서 자신의 신발 찾을 텐데

풀섶에 누운 새처럼 누울 수 있을까
일찍 일 나가는 농부의 눈에 띨 수 있을까

다 보았으면서 아무도 보지 않은 체하는
이 세상으로부터 멀리 떠나

너무 많이 울어버린 어미의 눈물 닦아주러
포르릉 날아 이 땅 위로 돌아올 수 있을까

해후

숲에서 고라니 한 마리와 마주쳤다

목욕탕에서 알몸인 채
어릴 때의 친구와 해후했을 때처럼
누구였더라
이름도 떠올리지 못했는데
그는 나를 다 안다는 듯
눈길 한 번 주지 않고
활엽의 숲을 향하여
성큼성큼 뛰어 사라져 버렸다

바람이 맨 처음 일렁이는 곳
추위와 굶주림의 협공 속에서
삐삐선과 등사기로
그들의 분전을 알리던 곳

척후병이 사라진 반대쪽 숲을 향하여
그의 숨결로 밀생한 숲을 더듬어

기어 내려와야 하는 곳
온기 있는 인간의 숲
최초이자 최후인

노고단에 서서

개서어나무들 밀림 속에서 총진군하는
화엄사에서 노고단까지의 산길
죽고 일어서고
뒤틀리다 다시 서는 곳

죽음이란
짧은 삶이 몸 기댈 수 있는
유일한 도피처
깨어나지 않는 꿈

먼저 간 당신
아직 오지 않은 그대
생을 참호전투하는 병사들처럼
모질게 살다 간 사람들

밥 한 공기의 곡기로
새벽 두어 시간의 잠으로
노고단 능선

내 하루의 목숨으로

거기 서 있었네

박관현

그가 게릴라 투쟁을 꿈꾸지는 않았을 것이다
전라남도 영광군 불갑면 출신의
가난한 농부의 아들,
지방국립대에 가서 잘하면 고위 공무원이 됐을

역사라고 하는 처형장에서
그와의 처음은
내 스무 살의 처음이었다

그리고 그의 마지막은
내가 털끝 하나 다치지 않고 떠난 땅
광주의 교도소였고
나는 그의 최후를
강원도 철원 보병 제6사단 2연대 무전실에서 접수했다

폭도의 괴수
전남대 총학생회장 박관현 사망
예하부대에 통지하고 전병사들에게

정신교육 바람

10월이 오면
나는 그 박관현, 관현이 형이 생각난다

전남대 대강당 앞에서
검정고무신 차림으로 나에게 웃음을 주던
이 땅의 아옌데가 되어야만 했던 사람
군의 총부리가 전방이 아니라
실은 후방의 어느 지점을 향하고 있었다는 것을
맨 처음 알려준 사람

굶어 죽어
사람으로 태어난 사람

하산

혹시 남았을지 모를 시 한 줄 찾기 위해
산에서 내려와 묵정밭을 엎었다
살갗에 얼룩진 소금기는
이승을 스쳐가는 마지막 흔적일는지
섬진강 여울목 건너 산에 들어간 사람들도
배앓이처럼 스며오는 두려움
채 떨치진 못했으리
새로움이란 두려움이기도 하므로
동공은 더 확장되고
심장은 더 격한 신호를 보내야 했으리
산에서 내려와 절망만 같은 땅을 팠다
피를 본 사람처럼 땅을 파는 나를
누군가 보고 있었다
봄날의 화창함에서 여름의 폭염까지
단 한 번도 허리 굽히지 않고 자라난
옥수수의 대열들이
깊은 눈그늘에 형형한 눈빛을 하고서
피 냄새를 맡고 광분한

짐승 한 마리를 보고 있었다

바람의 행장

제주의 숱한 오름들에
처음 이름을 붙여준 이는 누구였을까
지금 이곳엔
꽃들의 모가지가 뎅강뎅강 끊어져서
능선엔 흰 피들로 낭자하고
나는 가슴 아픔을 간신히 달래볼 요량으로
이곳에 왔는데
가는 곳마다
등 돌린 그대의 얼굴
오름 저 너머로
검정고무신 벗어놓고
고 부 좌 양 강이라는 성을 달고
한칠, 영석, 용득, 용우, 문호라는 이름을 가지고
돌비석에 한글 석 자로 남은 그대여
지금 당신과 나 사이
꽃과 인간의 사이
그대의 육신은 말똥처럼 구르다
가루처럼 흩어져

지금 내 몸을 만지는 바람가루가 되는가
그대여
바람만이 호명하는 이름이여
바람 속에 새긴 碑銘들이여
바람 속에 남은 悲鳴들이여

제주 日記

　태풍이 오가는 동안 성산 해안을 걸으면서 비를 맞고 감기에 걸렸다. 덕분에 순해진 바람처럼 일찍 잠들었다. 저물녘의 바다가 코끼리의 눈매를 닮은 것 같다면 아침 바다는 낙타의 눈매를 닮은 것 같았다. 바다여, 외로움은 네 탓이 아니다. 세상의 모든 외로운 것들이 흘러들어 바다가 된 것뿐이다. 잠 못 이루고 돌아눕던 밤, 새벽이 올 때까지 썰물소리를 들었다. 별자리들도 낮은 창에 가까이 다가와 파도소리에 귀 기울이는데 먼 섬 하나 바다를 박차고 머리를 들어올린다.

　어두워진 해안도로를 걸어서 집으로 돌아왔다. 내 등 뒤로 더 깊어진 어둠이 바람과 손잡는다. 수평선 너머로 한치잡이 배들의 불빛이 아롱진다. 물살은 저 먼 곳으로부터 흘러올 것이다. 거기 어디쯤에 당신은 생각의 주마등을 매달았을까. 바다의 저 깊은 바닥에 당신은 오래된 그리움을 묻고 지울 수 없는 꿈으로만 살아 있을 것이다. 나는 선잠 깬 아이처럼 깊은 밤에 일어나 당신의 목마른 꿈을 보았다. 이 섬도 바람만바람만 움직여 꺾여 버린 당신의 나라로 항해할 것이다. 한때 이 섬은 반란의 땅으로 지목되었다. 육지 사람들이 발정난 수컷 오랑우탄처럼 왔다.

그리움은 늘 비릿해서 지금 내 코에 스미는 해초냄새를 닮았다. 나는 해안절벽의 난간에 서서 당신의 그리움을 그리워한다. 종일 비가 내려서 내 몸에 묻은 해초냄새가 씻겨 나갔다. 그리고 새로이 당신의 냄새가 내 몸에 묻어 왔다. 내 몸에서 나는 당신의 냄새를 쿵쿵거리며 하루를 살았다.

하늘로 날지 못한 것들이 지상을 걷거나 물속을 헤엄친다. 그런데 해안 절벽에 매여 풀을 뜯는 말들은 내 생의 그늘일까. 석고상의 깊은 미간처럼 저무는 바다를 보는 말 서너 마리. 거대한 붓을 닮은 말들의 꼬리에 저무는 해가 멈춘다. 나는 내 마음의 해변으로 밀려온 해초더미를 말들에게 던져 주었다.

구례

　아침에 구례에서 순천에 갈 땐 빗방울들의 숲이었다 나는 그 빗방울들을 꿰 만든 발들을 하나씩 걷어올리면서 순천에 도달했다 저녁에 순천에서 구례로 올 땐 빗방울들의 산란장 이었다 차창에 부딪쳐오는 빗방울들이 치어들처럼 놀았고 그 어린 물고기들의 몸에서 비린내가 맡아졌다 여덟 시간의 수업을 끝내고 지쳐서 돌아올 땐 자주 전화기를 들여다보게 된다 누군가에게 전화가 오겠지 내 그를 붙잡고 서역에서부 터 신라까지 오던 대상들에 대한 이야기를 하리라 지금 내 리는 빗줄기가 달구어진 지상을 식히며 순례자들처럼 낙타 를 끌고 먼 바다까지 흘러가리라 그가 한심하다는 표정으로 나를 볼 때 비로소 싱글벙글 웃으며 술잔을 들리라

바닷가 묘지

영문도 모른 채
공회당에서 부름을 받고 집 나간
서른넷이 된 청년은
느닷없이 죽창으로
옆구리를 찔려서
내장이 튀어나온 채 죽었다
화산 쉰 지 오래인데
분화구에서 불길이 치솟고
죽은 사람들은 구덩이에
묻히는 것만도 다행이었다
흰옷 입은 어미들이 흘린 눈물
바람이 다가와 말려주고
구멍 뚫린 돌들이
무심히 통곡을 들어주었다
그리워하지도 못하고 재가 된
마음들이 검은 흙에 묻혔다
도처에 무덤들
도처에 그리움들

제 4 부   때 죽 나 무 꽃

행각

냉장고에 언제부터 있었는지 모를 감자알 하나 꺼내 된장
국 끓여 저녁을 먹고 마루에 앉아 초여름이라는 계절 나라
는 인간 당신이라는 사람 우리라는 시대에 생각이 끌려가
목이 말랐다 달이 가도록 비 한 방울 뿌리지 않아 바닥이 드
러난 구만 저수지를 지나다 산동의 좁다란 무논에 이제 막
심어지기 위해 논두렁에 줄지어 선 어린 모들을 보았다 바
람에 간절히 흔들리고 있는 걸 보면서 콧등이 시큰해졌다
그 어린 것들에게서 비린내를 맡았다 내 아들 돌 지날 무렵
그 애의 입에서 나던 제 어미의 젖냄새를 바다가 보고 싶어
구례구역에서 무궁화호를 타고 여수에 갔다가 국문과 후배
를 만나 술을 마셨다 파도가 밀어닥치는 소리를 듣고 별들
이 눈동자를 깜박거렸다 그 느린 장면을 여수의 어느 주점
에 남기고 다시 열차를 타고 구례로 돌아온다는 것이 눈을
떠 보니 전주였다 다시 전주, 임실, 오수, 남원, 곡성, 구례구
우리나라 남반부의 지명들을 새김질하면서 새벽별이 소근
거려 올 무렵에야 겨우 집으로 돌아와 마루에 앉아 우리라
는 시대 당신이라는 사람 나라는 인간 비 오지 않는 계절에
생각이 끌려가 어두운 하늘 바라보았다

저 지천의 봄

뒷산에 올라 쑥 한 줌 캐고 마트에 가 바지락 한 홉 사오니 어느덧 서쪽으로 해가 진다 어둠이 오는 것은 아무도 막을 수가 없다 어둠의 얼굴이 복면을 한 이슬람 전사처럼 사립문에 들어선다 지난 가을에 떨어진 감나무잎을 긁어모아 불을 붙였다 불더미가 쉬 꺼지지 않으므로 토방에 앉아 감나무잎이 타는 냄새를 지켜보았다 꺼진 듯 연기만 피어오르다가는 다시 피시식거리며 불길이 살아나곤 했다 죽으려다 살아나고 살아나려는 꿈도 꾸지 못하고 죽음에 이른다 오늘 저녁의 잠에는 무슨 꿈이 나타날까 하기는 내가 꾸는 꿈은 눈 뜬 봉사의 꿈인지도 모른다 새벽이 오는지 수탉들이 홰를 치고 경운기들의 시동음이 투다닥거리기 시작한다 당신의 얼굴 보지 못했으므로 치자나무에게나 가 당신의 안부를 물어야겠다

우기(雨期)

박새들 떼로 날아와 자욱이 물드는 목련나무

오동나무숲에 드는 점묘의 빗방울들

세수를 마치고 거울을 보는 산수유꽃

겅정겅정 춤을 추며 허공에서 배고픈 대나무

오늘도 신문만 던져놓고 가는 우편배달부

우수 무렵

생이 안경알에 번진 눈물 방울
너머로 보이는 풍경 같을 때가 있다
뒷산에 갔다 내려오는데
초로의 사내 하나 마루에 앉아
지금 떨어지는 석양에
얼굴 붉게 그을은 채 앉아 있었다

겨울의 몇 달
자신처럼 운행을 멈추었을
경운기 한 대 마당에 버티어 섰고
들녘을 끼고 도는 강물에 실려 오는
봄기운을 느끼고 있을까
서울을 향해 기적소리도 없이 내달리는
열차의 속도만큼이나
빨리 당도한 자신의 노년을
다독이고 있는 것일까

강물에 비친 햇빛이

하늘에 뜬 햇빛보다 눈부셔
지금은 내 곁에 없는
기억 속의 당신이
마음속에서 무장무장
눈부시게 살아나는 것처럼

당신은 지금 어느 하늘 아래에서 쉬는가
매화가 곧 피려고
개구리알처럼 빛나는 멍울들을
매단 이 탱탱한 봄날에
당신의 침묵으로
현기증이 일 것 같은 날들
우수 무렵

벚꽃들 1

초저녁 무렵 폭죽 터지는 소리가 들리더니 다음 날 벚나무들이 모조리 꽃을 달고 있었다. 누가 저 나무들의 혈관에 저토록 치밀한 칩을 심어두었을까. 단 한 그루의 탈주도 단 한 명의 배신도 없이 일제히 꽃들을 매달았다. 벚꽃이 핀 풍경은 근골만 남은 흑인 청년의 알몸에 아로새겨진 낙인이었다. 나는 어질병에 걸린 사람처럼 저 휘황한 장면에 비틀거렸다. 사람들이 차를 몰고 몰려들었다. 마을에 돌아왔더니 텅 비어 있었다. 저물 무렵 마을로 들어오는 다리께로 걸어가 다리 양쪽에 피어난 벚나무들을 쓰다듬어 주었다. 성미 급한 꽃잎들이 다리 아래로 추락하고 있었다. 홀로 죽어 있었다는 동해마을 약천사의 스님이 생각났다.

벚꽃들 2

　당신 없어도 몇 개의 계절이 사립문을 들고 났습니다 이제 계절은 자연스레 순환하지 않고 고집 센 노인이 되어 가는 듯합니다 겨울은 더 추워졌고 삼한사온도 다른 귀한 것들과 함께 어디론가 숨어 버렸습니다 당신 없어도 산마루엔 눈이 쌓였고 산벚이 피어났습니다 가난한 아이들의 얼굴에 피어난 버즘처럼 희끗희끗한 것이 마음에 얹힙니다 벚꽃이 피어서 사람들이 몰려간 강변에 뒤따라갔습니다 바람에 날리는 꽃잎들은 해방의 나팔소리에 기꺼이 동참하는 젊음들 같았습니다 가족들의 애타는 전송을 받는 장정들이 기차에 오릅니다 아직 한 번도 이 세상에 나타난 적 없는 시들을 위해 저 꽃들은 일제히 피었다 척후병의 표지처럼 휘날리는 것인가요 당신 없어도 나는 여전히 저 산과 이 강의 사이에 있습니다 산이 나의 몸이 되어 직립하고 강이 나의 피가 되어 저류합니다

목련이 진다

목련이 진다
나무 위를 헤엄치던 은어들이 지상으로 돌아온다

목련이 진다
염전 일구는 사람들의 땀방울일까
물기 머금어 무거운 육신이 땅으로 돌아온다
자로 잰 듯이 최단거리로 떨어지겠다는 얼굴을 하고

진눈깨비 내리던 날에
막 피어난 그 꽃들이 왜 그리
자주 이유도 없이 눈물샘에 내려앉던지

목련이 진다
목련이 지고 하늘이 트이고
내 허파 안에서 당구공처럼 여기저기 부딪치며
놀던 것들은 아버지의 목소리였다

죽은 이들이 이렇게 돌아와

잠시 머물다 돌아가곤 했다

목련이라 불리는 꽃

목련이라 불리는 꽃이 우리집 마당에 당도했다 미세먼지
로 가득한 이 세상은 이미 황량한 사막이다 그러니 저 꽃들
은 낙타의 행렬을 끌고서 먼 이역의 땅으로부터 수없는 날
들을 걸어 이제 막 우리집 마당에 도착한 대상들의 지친 얼
굴인지도 모른다 저 꽃의 향기를 맡아보려고 발돋움을 하다
가 어디선가 몰약의 냄새가 나 황홀하게 취할 것 같았다 사
람들은 이제 피어난 꽃들을 보려고 자동차를 몰고 산동으로
다압으로 몰려들 갔다 꽃이 피어 있는 시간은 나무가 시간
에 남긴 그들의 지문이면서 그들의 밭은 날숨이 아로새겨진
초상이기도 하다 꽃이 피어 있지 않을 때 그 곁을 무심코 지
나갔던 나의 무심함을 생각했다 이 세상에 와서 아무런 흔
적도 남기지 않고 떠나간 사람들에게 경배를 올리지 않았다
고 깨달은 나는 이제서야 꽃들의 앞에 무릎을 꿇는다

동백나무

옆집 사람들이 데려온 생후 한 달 된 강아지가 밤새 칭얼거린다. 그 위로 소쩍새의 울음소리가 되돌이표 투성이인 악보로 겹친다. 얼마나 많은 새들이 저 동백숲에 날아와 울어대어야만 누군가 울고 있다는 것을 알게 될까. 얼마나 많은 동백나무들이 이파리를 떨구고 떨고 있어야만 어떤 이들이 춥게 지낸다는 것을 알게 될까. 울음의 옷으로 방탄복을 지어 입고 겨울의 촉감으로 귀마개를 하고서 강가에 서고 싶다. 동백이 지상의 연꽃이라면 연꽃은 물의 동백이다.

소쩍새

소쩍새 우는 쪽을 향하여 저녁내 물소리가 흘러갔다

산을 뚫고 서울로 달리는 고속열차의 어깨를 적시며

관목들의 허리를 적시며 안개는 야음을 암약했다

안개는 채 읽을 수 없는 점자책 같은 것이었다

고요를 뚫고 구급차가 달려와 시신 한 구를 실어갔다

아내와 심하게 다투는 소리가 들렸다는 다음 날이었다

어느 날 소쩍새의 울음은 이승과 저승 사이를 오갔다

산딸나무가 낙하산병의 낙하산처럼 꽃을 피우던 날

피어난 흰 꽃이 누군가의 눈물이라는 걸 알았다

꽃들은 안개 속에서 이제 배운 서툰 수화를 주고받았다

때죽나무꽃

그때도 지금처럼 때죽나무꽃
주렁주렁 종을 매달았었지
흥얼흥얼 그대 내뿜던 콧김
내 살갗에 남았는데

화순 너릿재 건너던 그대 보내고
그대 이름자 그길로 화석이 되고
나는 돌아와 서른에 마흔에 나이를 더하고
차도 아파트도 사고 아이도 얻고
그대의 흥얼거림을 흉내 내어 시를 쓰고
어두운 주점에 틀어박혀
세월이 던지는 사료에 사육되지만
끝내 내가 부를 수 없는 노래
끝끝내 그대가 될 수 없는 노래 떠올리며
다시 오월을 견디네

산수동 집으로 나를 돌려보내며
다시 올 수 없는 길

다시 올 수 없다는 걸 알면서도
나를 돌려보내던 그때의 그대 얼굴
지금 내 방에
그때의 때죽나무꽃처럼
주렁주렁 매달렸는데

다시 피는 때죽나무꽃
지난 날들을 위해 조종을 울리는가
오는 날들을 위해 축배를 들자는가

벽지를 보며

도무지 잠 이루기 어려운 저녁에
미로 같은 벽지의 문양에 포로로 잡혀
내 방에 있는 나와
내 방에 없는 네가
눈을 맞추고 대화를 나눈다
너를 보지 못한 날들을
헤아리던 날들이 있었다
너를 보지 못해
쓸쓸해 하던 날들의 나와
어느새 기억상실자처럼
모든 걸 잊어버린 이후의 내가
이 방에 모여
쉬 오지 않는 잠을 청한다
올해는 여주나 수세미를 심어볼까
수박이라고 심었더니
드디어는 박이 열리던 것처럼
엉뚱하게 돌아가는 생이
오히려 진리인 것도 같다

바다를 걷고
사막을 항해해야만
다시 너를 만날 수 있을까
아침이 와 마루에 나가면
밤새 퀭해진 내가 거울 속에 있었다

백일홍

그대 이마에 남은 화인 저리 붉게도 피었구나

그대 심장에 남은 파문 저리 징하게도 무리졌구나

남 몰래 담금질했던 내 마음의 표창들이

모조리 창밖 저 나무가지 사이로 날아가 꽂혔구나

저 붉은 생의 그림자인 것 끈질긴 부활의 약속인 것

백일을 지나도 여전히 붉을 나의 피 나의 사랑인 것

제 5 부 내 성 적 사 랑

오목눈이들

산딸나무들이 아침햇살 아래 도열해 있고 그 뒤론 싸리나무들이 무리져 생각에 빠져 있다 아침이슬이 빗물처럼 뚝뚝 떨어지는데 나무들은 맨발로 산정까지 오르려나 보다 제 신던 검정 고무신을 옆에 벗어 놓고 고무신의 형상으로 검게 그을은 살갗이 지금의 계절이다 오목눈이들은 어디서 저녁을 났을까 관목숲 사이를 포롱포롱 나는 모습은 당장은 어디론가 떠나지 않으리라는 다짐 같다 어제가 열이레였으므로 밤하늘에 달의 얼굴은 뚜렷했고 별들은 손발을 떨고 있었다 밤이 깊을수록 새들은 잠들지 않고 높고도 먼 별자리 근처까지 날았다 돌아오는지도 모른다 언제부터 이야기가 사라졌을까 사람들은 입을 닫고 제각기 전화기만 들여다본다 새들은 실은 내가 먼 하늘로 날려 보냈는지도 모른다 호주머니에서 전화기의 진동음이 울리기만 기다리는 내가

손님

배추밭에 배추들이
그녀의 창가에 드리운 망사 커튼처럼
하늘하늘해져서
배추밭에 상주하며
배추들의 혼을 빼놓는
벌레들의 얼굴 좀 보고 있었는데
돌담 쪽 무성한 수풀 속에서
부스럭거리는 소리가 들렸다
무엇일까, 누구일까
펭귄이 제 날던 때를
기억해 내는 속도로
고개를 돌려보았더니
고라니 한 마리!
사뿐 돌담들 뛰어 넘어와
나를 보고 있었다
그와 눈이 마주친 찰라
그가 놀랄까 봐
이젠 고래가 사막에 놀던 때를

기억해 내는 속도로
막걸리 한 병 내오려 움직이는데
사뿐 돌담을 뛰어 사라지고 말았다
그가 사라진 수풀 쪽을
그녀가 사라져간 골목 끝을 바라볼 때처럼
멍하니 바라보았다
내게 온 낯설고 반가운 손님을
그렇게 보내고 말았다

폭염을 견디며

시간은 누군가 일찍 잠들어 만든 고요의 무덤

더 이상 넘어가지 않는 책장의 볼모로 붙잡힌 생이

혀는 반쯤 굳어 목소리는 새의 울음소리로 만들고

미숫가루도 소금도 육포도 없이 산행에 나서

어느 날 약속한 듯 표정을 바꾸어 버린 풍경 앞에서

차라리 가벼워지니 비로소 생이 아득해졌다고

막걸리 주전자 앞에서 쉰내 풍기며 말하는 사람

아내도 아이도 제 갈 길로 다 떠나 버리고

폭염에 일찍 이파리 떨구는 벗나무 한 그루가 되어

오래 걸어와 지친 채 가루담배 한 개비 말아 피우네

낯선 저녁

마당에 빗소리인 듯하였는데
바람이 감나무 잎새들을
뒤흔드는 소리였다
샘터 콘크리트 바닥으로
채 익지 않은 감들이
온몸으로 투신하는 소리
심장의 판막을 두들기고

가을 저녁
박새들은 어디에서 잠들까
오동나무 잎새의 검초록 깃털에
와 쉬던 것들은

그들이 그리는 물음표는
어느 땅 위에 기둥을 세울까

풀벌레 울음으로 깊이 익는
이 저녁에도 타격점을 향하여

도처에 정조준되는 확성기들
일제히 울 준비하며
거대하게 발기된 사이렌들

내성적 사랑

크리스마스 이브에 열대우림처럼 비가 내렸고
물메기 한 마리 사 와 매운탕을 끓여 친구들을 불렀다
마당에 선 목련나무는 이파리를 다 떨구고
알몸으로 그 비 다 맞고 있었다
저녁이 와 내 방에 형광등 하나를 더 끼워
방은 환해졌지만 마음의 눈은 너를 침침하게 비추었다
친남매 간의 사랑을 다룬 영화를 보았다
유년 시절 둘의 사랑은 아름다웠지만
사춘기가 지나 준수한 청년 아름다운 처녀가 되었을 때
둘의 사랑은 불순하고 위태롭고 치명적이었다
둘의 사랑은 극도로 내성적이었지만 누구보다도 옳았다
서로를 바라보는 눈동자의 그 예민한 떨림
가부장적인 아버지가 둘의 사랑을 알아차렸을 때
마당에 나와 비를 맞고 선 목련나무의 등걸을 만져 보았다
둘의 사랑은 비극적 종말을 향하고 있었으므로
둘 중 하나가 죽고 혼자 남은 하나가
다른 사람과 결혼하고 아이를 낳고 살아가는 장면
차마 내 눈으로 지켜보기 어려웠기 때문에

여전히 비의 숲이 어두워진 땅에 솟아나고

이 비, 열대의 우림이 아니었군

아기 예수의 탄생을 기념하며 내성적인 사랑이

가느다랗게 속눈썹을 떨며 흐느끼던 눈물이었더군

새로운 눈물로 나의 충혈된 눈을 씻고 돌아선 저녁이었
더군

늦게 돌아와 마지막 장면을 다시 보니

내 생각이 몹시 통속에 속한다는 것을 알려주었다

둘 중 누구도 살아날 수 없었기 때문에

내성적 사랑은 죽음조차도 사랑할 수 있어야 했기에

원추리꽃

빨치산 소년전사가 남기고 간 나팔을
구례 서시천변에서 주웠다
빨치산 혁명가를 토해내던 금빛 악기가
반백 년 넘게
등 돌린 사람들을 향해
늙은 후두 괄약근을 조이며
홀로 신음을 토해내고 있었다
슬픔은 잃어버리고
절망만 남은 우리의 시대여
저녁이 되면
이 물가 손 잡고 걷던
연인이 떠나간다 하여도
묵묵부답
석고상 같은 얼굴을 하고서
대형마트의 카트에 가득
제 먹을거리 챙기는 거리의 풍경
제 슬픔이 어디에서 연유하는지 몰라
종일 마당을 소요하다가

동전들 주워 모아

담배 한 갑 사 피우고

구례 서시천변

떠나가서 돌아올 줄 모르는

그 사람 생각하며

한 송이 원추리꽃 앞에

주저앉았다

무언극

새들의 오금을 툭툭 차며 한파가 밀려왔다
문풍지가 우둘투둘 울더니 눈보라가 내렸다

무심한 남녘 바다 어딘가에서 도달하는 서신들
속도초과 범칙금 통지서들과 섞여 날아오던 날

거칠게 지워진 행간에서 행해지던 무언극
내 집의 마당에서 그림자극으로 나타났고

옛날 기관원들이 타던 검은 지프가
마당에 도착하던 새벽이 있었다

찢어진 창호지 사이로
내 고함이 마당에 번져갔지만

사람들은 썰물처럼 빠져나가고
마당의 목련나무만이 오도마니 서 있었다

가을비

바람소리가 추리닝 복장에
슬리퍼 끄는 소리를 내더니
곧 비가 몰아왔다
비는 누구의 몸일까
누구의 잊을 수 없는 목소리일까

박새들은 비의 밀림으로 숨어 버리고
마당에서 혼자만의 춤을 추었다

아내였던 여자가
앞치마에 젖은 손을 닦으며
밥을 먹으라고 손짓한다
열세 살이었던 아들은
종로학원에서 재수 중이고

혼자인 나를 혼자가 아니라고
비가 들이닥치나 보다

만추

톱날에 잘려나간 나무의 나이테를 보며
생의 어느 지점에 와 있을까 생각했다
가을 햇살마저 이미 오래된 추억 같아

얼마나 간절한 기도를 올려야
소풍 전날 초등학생 시절의
설렘을 간직할 수 있을까

그 어디에서고
슬픈 눈빛 보이지 말고
강줄기를 타고
원양의 깊은 곳으로
생이 맨 처음 시작된 곳으로
나이테를 그리기 시작한 곳으로
헤엄쳐 가는 뱀장어들처럼
삶의 본능에 순응해야만
본능적 열정으로 타올라야만
소금쟁이와 무당벌레에 홀리던

어린 날들을 재생할 수 있으리

톱날에 잘려나간 나무의 나이테를 보며
내 생의 한낮에 떨어지는 만추의 햇살에
가늘게 눈 뜨고
푸르른 하늘의 극점
바라보았다

폭설의 추억

눈보라 기마병사들처럼 몰려다녀
집으로 돌아가는 길이 허연 물길이네
나 헤엄쳐 갈 길은 어디인가
미로처럼 얽힌 터널 속에서
어머니 불러보네
그 어머니 강판 유리 저쪽에서
손짓하는데

두리번거리면 어디엔가 불빛 보일까
온 세상은 눈이 남기고 간
흰 새떼들의 불국토

너를 이기기 위해 내게는
절망이 탈진처럼 왔고
나에게 지기 위해 너에게는
사랑이 지금의 폭설처럼 쏟아진다는데

눈보라

돌아오지 않는 사람의 목소리
쏴아쏴아 길을 떠나네

고양이가 울었다

영하 9도까지 떨어진 새벽
마당엔 서리가 내려
지붕도 나무도 풀도
하얗게 얼어 있었을 것이다

수도가 얼까 봐
틀어놓은 물소리가
낮은 포복으로 기어 들어오던 그 저녁
밤새 고양이들이 와 울었다

앞마당과 뒤란과 지붕 위에서
지금 화석연료를 때며
혼곤히 잠에 빠진 한 인간에게 보내는
구원요청은 아닐까

고양이들은 영하의 온도와
처절하게 맞서고 있었다
그리고 보면

저 수돗물 흐르는 소리는
고양이들의 처절한 피눈물
생후 처음 맞는 겨울과의 투쟁

새벽이 와 급히 마당에 나가보니
고양이들은 보이지 않았다
하얗게 결빙된 고드름들이
기와 고랑을 타고
열병하는 병사들처럼
늘어서 있었다

안개

리어카 가득
들깻단을 싣고 가는 노부부

앞에서 끌고
뒤에서 생을 밀고 가는
늙은 전사들

안개, 우리 생의 면류관

오직 그들만이
안개의 주단을 밟고
안개의 성채를 돌파하고 있었다

기억, 대숲

저 나무들의 직립은
간빙기 정도의 세월 이전에
아직 시베리아 원인이던
나와 내 동족이
쏘아 올린 화살들이었던 것

그것들은 지상에 박히며
먼 하늘 날아온 철새처럼
우리 산천의 지문을 기록했을 것
우리의 시원은 말할 수 없이 멀어서
우리의 날숨이 그토록 뜨거웠던 것

의지는 더 거룩해지기 위해서
기개는 더 강직해지기 위해서
저 나무들의 꽃은
몇 번의 봄을 건너뛰어 핀다던가

지금보다 어릴 땐

폐선이 된 담양선의 둑을 따라
날마다 조금씩 더 가 보았다
죽순처럼 자라난
호기심에 침을 삼키며
뜯겨나간 철로의 끝가지 가 보았다
시대의 끝
그곳은 물러간 일본사람들의 끝이었다

아버지의 집은 적산가옥이어서
다다미방이 있었고
히노끼 욕조가 있었고
명치니 소화니 하는 연대 표시로 된
분재 서적들이 사과궤짝 안에서
여전히 깊고 정밀했다

아버지는
이찌, 니, 산, 시 하며 일본말로
지폐를 셌다

하지만 그러던 아버지도 일본어를 버렸다
셀 지폐도 없었겠지만
커 가는 자식들을 의식한 것이다

대나무 숲이
바람에 일렁이는 앞에 서면
아버지가 자전거를 끌고 나타나
그때의 아버지의 나이가 된
지금의 나와
막걸릿잔을 마주할 것만 같다

운산마을

비 오는 날
콘크리트 마당에 떨어지는 빗소리
귀 기울이는데
담양군 대덕면 운산마을에서
농사짓는 동생 문철에게서
전화가 왔다

형, 마을에 오셔서
쌀 가져가시씨오이

떠돌이였던 내가
오갈 데가 없어져서
운산마을 문철이네 집에서
두 달간 기숙한 적이 있었다
짐은 곡성에
마음은 구례에
몸은 담양에
온통 사분오열이었던 때였다

그곳의 겨울은 눈이 많았다
내 마음은
협곡에 날리는 눈발이었다

마을엔 그림 그리다 미쳐서
알콜중독증으로 죽은
여자도 있었다
그 여자를 못 본 건
나에겐 다행이었다
말수 없는 그 여자의 남편과
하루 종일 배추를 뽑았다

농삿일이 다 끝난 겨울이 되어
성철이 형, 형락이 형님, 현태 어르신과
산정 마을까지
걸으며 운동을 했다
산정마을은 목소리 괄괄한

여자 이장이 있었고
전쟁 때 경찰들에게 떼죽음을 당한
마을 사람들의 위령비가 서 있었다

눈이 내려 마을을 덮으면
신앙촌 이불을 덮은 것처럼
포근했다
입술을 악물지 않아도
시간은 흐르고
시간이 흘러야만
생채기는 아무는 법이었다

운산마을에 가려고
달력을 들여다보았다
쉰이 되어서도 혼자인 문철이
농사지은 쌀 가지러
가난하고 외로운 자들에게
나누는 온기의 피톨들

내 혈관에 수혈하려고

| 해설 |

움직이는 고요 속 팽팽한 생동

정우영(시인)

1.

시의 자리는 어디일까. 시인마다 다르겠지만 떠남과 머묾의 사이 어디쯤 아닐까 싶다. 머묾의 시는 떠남을 꿈꾸고 떠나는 시는 머묾에 기댄다. 그러므로 시인에게는 정처가 없다. 평생 동안 그에게는 배회의 그림자가 짙게 드리운다. 마치 생래적인 것처럼 머물면서 떠나고 떠나면서 머문다. 아마도 삶과 사유가 고이는 순간, 시는 썩는다고 여기기 때문일 것이다.

송태웅의 자취에도 그러한 흔적이 짙다. 지난한 몸부림을 겪고 털어내며 내달려 지금 여기에 이르러 있다. 담양, 광주, 제주, 순천 그리고 마침내 구례와 지리산. 그가 마음 섞었거나 섞고 있는 지명들이다. 우리의 어느 산천인들 그렇지 않을까만, 유달리 현대사의 아픈 굴곡들이 깊이 새겨져 있는 곳들을 그는 지나쳐 왔다.

그래 그런지 그가 지금 자신을 내리고 사는 저 낡은 독채
가 내게는 왠지 안쓰럽고 불안하다. 또다시 어떤 곡절에 엮
여 훌쩍 떠날 것만 같은 것이다. 하여, 나는 그가 다다른 이
독채의 실제가 무척 궁금하다. 정지된 떠남이 빚어놓은 시의
안쪽에는 과연 무엇들이 담겨 있을까.

추측건대 머묾이 안정화되기까지에는 적잖은 내공이 필
요할 것이다. 숱한 바람과 공기의 빛깔이 달라질 때마다 떠
남의 유혹은 그 기미를 번득일 것인데, 머문다는 건 이 충동
적인 유혹과의 지루한 싸움 아닐 것인가. 견뎌내면서 거기에
시와 삶의 심지(心志)를 뿌리내리지 않으면 안 된다. 이걸 참
아내지 못하면 그의 독채는 비워지고 그는 다시 방랑의 짐
보따릴 꾸리게 될 것이다.

이래서는 곤란하다. 그도 적잖은 세월을 이미 넘어왔다.
나는 그가 찾은 이 독채가 그를 품고, 그가 이 독채를 안았
으면 하고 바란다. 대체로 삶의 공간이 시의 공간으로 전이
된다고 볼 때, 그의 구례행은 맞춤이다. 그가 닮고 싶어 하는
지리산이 가깝고 마음 나눌 지인들도 여럿이다. 구례라는
이름에는 안온과 평안이 깔린다. 한 사람의 생애를 기댈 만
한 곳이다. 여러모로 생각할 때 지금 그의 여기는, 지상의 독
채이며 동시에 그가 닻을 내린 심저의 독채이기도 하다.

나는 이제 조심스레 그의 이 시적인 독채를 탐색하려 한
다. 생의 굽이들을 돌며 이어져온 배회를 그는 마침내 벗을

것인가, 말 것인가. 머묾과 떠남을 넘어선 어떤 고요가 그의 심연(心淵)을 착실히 떠다니고 있는 걸 보면 정좌할 것도 같은데 그의 이 고요에서는 왠지 어떤 동적인 느낌이 피어나는 까닭에 나는 이를 '움직이는 고요'라 부르고 싶다. 그의 시에 등장하는 대상으로 이를 풀면 마치 고라니의 눈망울 같다. 이 고라니의 눈망울 같은 '움직이는 고요'가 그를, 고요에 파묻 지우는 생동의 시인으로 이끌어가는 것이다. 그리하여 그의 시는 고요에 잡아먹히는 게 아니라, 고요와 함께 느긋해지고 고요와 함께 팽팽해진다.

2.

송태웅의 이번 시집에서 유달리 눈에 띄는 시들은 고라니 시편이다. 고라니 경전이라 부를 수 있을 만큼 고라니가 등장하는 시들과 고라니적 생태를 보이는 작품들이 시 눈을 끌고 간다. 그가 고라니와 한 몸이 되어 고라니의 시선으로 세상을 보고 있다는 느낌 지울 수 없다. 이를테면, 그가 지리산 자락을 뛰고 있다고 쓸 때 나는 그에게서 고라니 냄새를 맡는다. 그의 뜀박질을 직접 보진 못했지만, 고라니가 풀숲을 뛰어갈 때의 품새로 지리산을 쏘다니지 않을까 싶은 것이다. 비단 뜀박질만이 아니다. 일용노동자로서 그가 지리산 비탈길을 다듬고 있다고 할 때조차 나는 고라니를 연상한

다. 저 선한 고라니의 눈빛으로 그가 지리산을 보듬고 있는
것처럼 그려지는 것이다.

그런데 생각해보면 다소 의아하다. 왜 하필 고라니일까.
고라니의 무엇이 그의 가슴을 치고 들어왔을까. 시「손님」에
그 단초가 숨어 있다.

배추밭에 배추들이
그녀의 창가에 드리운 망사 커튼처럼
하늘하늘해져서
배추밭에 상주하며
배추들의 혼을 빼놓는
벌레들의 얼굴 좀 보고 있었는데
돌담 쪽 무성한 수풀 속에서
부스럭거리는 소리가 들렸다
무엇일까, 누구일까
펭귄이 제 날던 때를
기억해 내는 속도로
고개를 돌려보았더니
고라니 한 마리!
사뿐 돌담들 뛰어 넘어와
나를 보고 있었다
그와 눈이 마주친 찰라

그가 놀랄까 봐

이젠 고래가 사막에 놀던 때를

기억해 내는 속도로

막걸리 한 병 내오려 움직이는데

사뿐 돌담을 뛰어 사라지고 말았다

그가 사라진 수풀 쪽을

그녀가 사라져간 골목 끝을 바라볼 때처럼

멍하니 바라보았다

내게 온 낯설고 반가운 손님을

그렇게 보내고 말았다

―「손님」 전문

"배추밭에 배추들이/ 그녀의 창가에 드리운 망사 커튼처럼/ 하늘하늘해"질 때, 고라니는 마치 '손님'처럼 등장한다. "돌담 쪽 무성한 수풀 속에서/ 부스럭거리는 소리가 들"려 "고개를 돌려보았더니" "고라니 한 마리"가 "사뿐 돌담들 뛰어 넘어와" 그를 바라보고 있는 것이다. 하지만 고라니 방문 기념주라도 하려고 그가 "막걸리 한 병 내오려 움직이는데" 고라니는 "사뿐 돌담을 뛰어 사라지고 말았다."

자, 나는 이 다음이 중요하다고 여긴다. 그는 사라진 고라니를 바라보면서 다음과 같이 쓴다. "그가 사라진 수풀 쪽을/ 그녀가 사라져간 골목 끝을 바라볼 때처럼/ 멍하니 바

라보았다"고. 알겠는가. 그는 고라니에게서 사라져간 '그녀'
를 느낀 것이다. 배경도 그렇지 않은가. "배추들이/ 그녀의
창가에 드리운 망사 커튼처럼/ 하늘하늘해"질 때, 고라니는
나타나는 것이다. 이렇게 볼 때 고라니는 그의 내면에 자리
잡고 있는 '그녀'를 일깨우는 매개자처럼 비친다.

　여기서 고라니의 정체와 함께 반드시 기억해야 할 것이 더
있다. '고라니가 사라진 저쪽'에 대한 그의 언질이다. 그는
'고라니가 사라진 저쪽'을, 시「해후」에서 "최초이자 최후"로
"온기 있는 인간의 숲"이라고 말한다. 흔히 말하는 지상낙원
쯤 될 것이다. 그러니 고라니는 "온기 있는 인간의 숲"에서
그에게 찾아온 전령사이자, 혹은 그가 그리워하는 그녀의
분신인 것이다. 어찌 그가 고라니를 무연하게 볼 수 있겠는
가. 그의 꿈이 언젠가는 저 "최초이자 최후"로 "온기 있는 인
간의 숲"으로 돌아감에 놓여 있다면.

　따라서 그에게 로드킬 당하는 고라니는 예삿일이 아니다.
군 입대 예정인 아들을 만나러 가는 길에 마주친, "자동차에
치여 죽은 새끼 고라니 한 마리"는 그를 비탄에 빠뜨린다.

　　효곡 저수지를 지날 무렵
　　자동차에 치여 죽은 새끼 고라니 한 마리 보았다

　　군 입대일이 다가오는 아들 보러

순천에 가는 길이었다

숲속에 있을 어미는
새끼의 죽음을 알고 있을까

내 나이 스물하나 되어 입대하던 날
아버지는 문 밖으로 나오지도 않았고
어머니는 기어이 나주역까지 와선
눈물바람으로 차창 너머로
때 묻은 종이백을 넘겨 주었다

예배시간을 알리는 무슬림의 구음이 들리는 듯했다
너무 읽어 너덜너덜해진 경전의 한 장을 찢어
죽은 낙타의 속눈썹 같은
자귀꽃의 꽃술 같은 눈썹을 감고서
아스팔트 위에 누워 있는
그 주검 위에 올려주고 싶었다

아들은 말없이 밥만 먹었다

숲속에 있을 어미는
어느 어귀에까지 나와

새끼를 기다릴까

　　　　　　　　　　　　－「길가에 누운 고라니 한 마리 1」 전문

　그의 안타까움은 죽은 고라니 새끼에만 한정되지 않는다. 돌아오지 않는 새끼를 기다리며 "숲속에 있을 어미"의 심경을 떠올리며 속앓이하는 것이다. 자신도 아들을 군대에 보내야 할 입장 아닌가. 노심초사하고 있을 어미의 마음을 살피면서 그는, "자귀꽃의 꽃술 같은 눈썹을 감고서/ 아스팔트 위에 누워 있는/ 그 주검 위에" "너무 읽어 너덜너덜해진 경전의 한 장을 찢어" 올려주고자 한다. 제의(祭儀)이다. 이때, "너무 읽어 너덜너덜해진 경전의 한 장"은 새끼의 생애가 덧없음을 증거하는 게 아니다. 후생을 기원하는 간절함이 거기에는 담겨 있다. 다음 생에는 무엇으로 태어나든 고라니 새끼가 부디 오래도록 생을 누릴 수 있기를 바라는.

　아들 보러 순천 가는 길에 만난 고라니 새끼의 로드킬, 하지만 그는 갈 길이 바빠서 저 새끼의 주검을 채 여며주지 못한다. 한데 앞에서 보다시피 고라니는 그에게 어떤 존재인가. 그와 그녀(혹은 온기의 숲)를 이어주는 매개자 아닌가. 저 고라니 새끼의 영상은 내내 그를 따라다녔을 터이다. 하여, 그는 다시 그곳을 찾을 수밖에 없었으며 그 후속 이야기를 담지 않을 수 없었다.

읍내 나가는 길가에 차에 치여 죽은 고라니의 시신을 치워주지 못하고 돌아온 밤 기껏 손에 피 못 묻히는 손 가리며 잠들었습니다 아직 구물구물 김이 나는 쓸개며 간이며 위장이며 몸속의 오장육부를 쓸어담고 찢겨진 가죽에 입김을 한 번 불고 일어나 제 나온 산속으로 들어가는 것을 꿈에 보았습니다 다음 날 아침 그곳에 가 보니 아무런 흔적도 없었습니다 새벽 일찍 나온 누군가가 정말 고라니를 거두어 주었을까 몹시 궁금해졌습니다

―「길가에 누운 고라니 한 마리 2」전문

죽음을 다루는 시인 까닭에 두 번째 씌어지는 시는, 아무래도 기원문 성격을 띠게 마련이다. 송태웅은 그러나 축문투의 통상적인 접근방식을 버리고 꿈 형식의 자력 귀천을 택한다. 그런 점에서 이 고라니 새끼는 특별하다. 생각해보라. 꿈속에서일망정 고라니 새끼가 스스로 "아직 구물구물 김이 나는 쓸개며 간이며 위장이며 몸속의 오장육부를 쓸어담고 찢겨진 가죽에 입김을 한 번 불고 일어나 제 나온 산속으로 들어"간다는 것은 신이(神異) 아닌가. 그에게 새로운 의미의 전령사가 당도한 것이다. 나는 이 신이의 전령사를, 무의식의 자기부양으로 해석하고 싶다. 이때 고라니 새끼의 죽음은 '대속(代贖)'이라는 통과제의로 기능한다. 고라니 새끼의 대속으로 그는 이제, 그에게 닫혀 있었던 '저쪽' 곧 인간의 숲으로 귀환할 수 있는 길이 열린 것이다.

그러고 보면, 이제 고라니는 그녀이자, 그이기도 하다. 고라니를 통해 그와 그녀가 맺어졌다고 볼 수도 있을 것이다. 송태웅은 이에 대해, 시 「길을 잃고 나는」에서 다음과 같이 적는다. "주단 같은 세상의 길 잃고 가시덤불 숲속에 들어선 나는 숲속의 길 잃고 차들이 질주하는 도로에 들어선 고라니 같았다"고.

등산로 정비하는 동료 인부들의 점심밥을 가지러 산길을 내려가다가 길을 잃었다 삼거리에서 바위를 끼고 오른쪽으로 꺾어야 하는데 직진을 해 버린 것이다 지게까지 짊어지고 온몸에 가시를 달고 있는 잡목 숲을 헤매었다

당신은 이미 내 마음속에 들어와 있는데 나만 그것을 모르고 미친 듯 당신을 좇고 있는가

주단 같은 세상의 길 잃고 가시덤불 숲속에 들어선 나는 숲속의 길 잃고 차들이 질주하는 도로에 들어선 고라니 같았다

길을 잃고 내가 찾으려 했던 것은 새로운 내가 아니라 내가 몰랐던 나였다 내가 몰랐던 내가 새로운 나였다

등에 짊어진 삶의 무게가 얼마나 무거워야 천칭의 반대편에

놓인 평안과 적절히 수평이 될 수 있을까 생각하다가

키 큰 소나무들이 지남철처럼 나를 끌어주어 길을 찾았고 점
심밥을 찾았고 아무 일 없었다는 듯 인부들에게 가져다 주었다
　　　　　　　　　　　　　　　　　　　　　　-「길을 잃고 나는」 전문

"당신은 이미 내 마음속에 들어와 있는데 나만 그것을 모
르고 미친 듯 당신을 좇고 있는가"라는 탄식에서 보듯 이미
당신인 그녀와 그는 한 몸이며 한 마음이다. 다만, 스스로
그 사실을 인식하지 못하고 있을 따름이다. "길을 잃"은 그
가 "찾으려 했던 것은" 그녀가 아니라 실은, "내가 몰랐던 나
였다." 그는 아마도 "내가 몰랐던 나"를 찾을 수 있어야 "등
에 짊어진 삶의 무게"를 벗을 수 있으리라 여겼던 것 같다.
그의 인생 유랑도 이에서 비롯되었으리라.

그러니 이제 내가 그와 함께 알아내어야 할 것은 저 "내가
몰랐던 나"의 정체이다. 그는 왜 "지게까지 짊어지고 온몸에
가시를 달고 있는 잡목 숲" 같은 생의 나날들을 그렇게도 헤
매었던 것일까.

3.

어느 날 페이스북에서 송태웅은 말한다. "가시는, 진짜 아

픈 가시는 내 마음속에 있더라." 하고. 노동하느라 근육질로 바뀐 팔뚝 사진을 보고 그의 후배가, "엔간한 가시는 백이지도 않겠다"며 단 댓글에 대한 그의 답이다. 나는 그의 이 고백을 아프게 받아들인다. 맞다. 진짜 아픈 가시는 마음속에 있다. 겉에 박힌 가시는 빼내면 되지만, 마음속에 박힌 가시는 웬만해선 빠지지 않는다. 빠지기는커녕 자극이 주어지기만 하면 끊임없이 찌르거나 몰아댄다. 게다가 오래도록 속으로 곪기까지 한다.

그런데 참 요상도 해라. 그의 시에서 가시가 들쑤실 때마다 그의 그리움은 짙어진다. 고라니 같은 그의 눈매가 흔들리거나 고요에 파문이 일 때는 아마도 이 가시가 툭툭 튀어나올 때일 텐데, 그때마다 그리움도 확대되는 것이다. 이로 보건대 그는 특이하게도 가시를 통해 그리움을 앓는 자인 듯싶다. 그가 고라니처럼 세상을 내달리는 것도 잊히지 않는 생의 가시 같은 그리움들이 떨려 나올 때 아닌가 생각된다. 그리하여 송태웅의 달리기 속에는, 송태웅이 달고 가는 고요와 송태웅의 가시가 피워 올린 그리움들로 자욱해진다.

자, 문제는 이 가시이다. 그가 "최초이자 최후"로 "온기 있는 인간의 숲"에 가닿기 위해서는 이 마음속 가시를 어떻게든 처리하지 않으면 안 된다. 고라니 새끼의 대속으로 그에게 닫혀 있던 "온기 있는 인간의 숲"으로 귀환할 수 있는 길은 열렸으나, 가시를 빼내지 않으면 그조차 아무런 소용이 없을 것처럼 여겨지는 것이다.

그렇다면 어떻게 해야 이 가시를 뺄 수 있을 것인가. 가시 뺀 그리움을 안고 그가 저 인간의 숲으로 들 수 있을 것인가. 시 「백일홍」에서 보이듯 "남몰래 담금질했던 내 마음의 표창들"을 "모조리 창밖 저 나뭇가지 사이로 날"려 보내면 될까. 그러면 "백일을 지나도 여전히 붉을 나의 피 나의 사랑"은 "그대 이마에 남은 화인"이 될까. "그대 심장에 남은 파문"이 될 수 있을까.

나는 가시로 박힌 그리움의 실체가 도대체 뭔지부터 찾아야 한다고 생각한다. 사람일까. 사람이라면 누구일까. 아내인가, 연인인가. 혹은 따로 '떨어져 살고 있는 어머니'인가. 정황상으로 보면 그가 시에서 호명하는 '그녀, 그대, 당신, 너' 등은 우선 '헤어진 여인'으로 비친다. 물론 그 여인이 사람이 아니라, 자연이거나 절대자 혹은 관념일 수도 있다. 하지만 「거미」, 「새벽에 쓰는 시」, 「몽돌 해변」 등 그의 시에 나타나는 그리움의 주체로서 그녀가 '지금은 헤어진 여인'으로 등장하는 걸 볼 때, 이는 설득력이 약하다.

어쨌거나 그리움의 대상이 '지금은 헤어진 여인'으로만 그려진다면, 마음속 가시를 제거할 수 있는 가능성은 크다. 문제는 그가 절절하게 호명하는 그리움의 대상에는 지리산에 묻힌 빨치산과 그의 정령들인 '산사람'들이 있다는 점이다. 시 「하산」과 「노고단에 서서」, 「물을 찾아 나선 코끼리들은

147

왜 가문비나무 속으로 들어갔을까」 등에 보면 그의 산사람
에 대한 그리움은 남다르다. 그가 심심찮게 지리산을 쏘다
니고 내달리는 까닭도 어쩌면 내면의 이러한 들끓음에서 기
인할지 모른다.

혹시 남았을지 모를 시 한 줄 찾기 위해
산에서 내려와 묵정밭을 엎었다
살갗에 얼룩진 소금기는
이승을 스쳐가는 마지막 흔적일는지
섬진강 여울목 건너 산에 들어간 사람들도
배앓이처럼 스며오는 두려움
채 떨치진 못했으리
새로움이란 두려움이기도 하므로
동공은 더 확장되고
심장은 더 격한 신호를 보내야 했으리
산에서 내려와 절망만 같은 땅을 팠다
피를 본 사람처럼 땅을 파는 나를
누군가 보고 있었다
봄날의 화창함에서 여름의 폭염까지
단 한 번도 허리 굽히지 않고 자라난
옥수수의 대열들이
깊은 눈그늘에 형형한 눈빛을 하고서

피 냄새를 맡고 광분한

짐승 한 마리를 보고 있었다

- 「하산」 전문

　이 시에서 그는 자신이 산사람의 후예임을 공공연히 드러
내고 있다. "혹시 남았을지 모를 시 한 줄 찾기 위해/ 산에서
내려와 묵정밭을 엎었"지만, 그에게 땅은 "절망만 같"다. 땅
을 판다고 해서 그의 목숨이 보장받는 것은 아니기 때문이
다. 이 땅에서 살아간다는 것 자체가 빨치산 투쟁일지도 모
를 만큼 자본주의의 삶은 핍진하지 않은가. 그러기에 그는,
"섬진강 여울목 건너 산에 들어간 사람들"이 닥쳐올 미지의
산생활에 "배앓이처럼 스며오는 두려움"을 느꼈다면, 그의
하산은 "이승을 스쳐가는 마지막 흔적일는지"도 모를 "살갗
에 얼룩진 소금기"일 수도 있음을 깨닫는다.

　이처럼 산사람과 자신의 동일시는 그에게 필연적으로 시
「노고단에 서서」처럼 "먼저 간 당신"이든 "아직 오지 않은 그
대"든 간에 "생을" "모질게 살다 간 사람들"을 그리워하게 만
든다. 시대를 달리하고 생사를 달리했음에도 견결한 동지적
연대로 맺어진 유대감이다. 이를 동지애적 그리움이라고 표
현할 수도 있을 것이다.

　송태웅의 그리움은 이처럼 중층적이며 복합적이다. 그의
마음속에 있는 가시는 한 가지의 가시가 아니라, 여러 가지

가시가 중첩되어 있는 것이다. 그리움의 가시가 이렇듯 겹쳐져 있는 상태인지라, 그의 그리움은 중증이다. 사정이 이러하므로 그가 어떤 방식으로 삶을 펼치든 현생에서 이 가시는 쉬 제거될 수 없을 것처럼 보인다. 역사의 상흔처럼 깊이 박힌 가시들인 까닭이다.

따라서 그가 해야 할 작업은 가시를 빼내려고 하는 시도가 아니지 않을까 여긴다. 내가 보기에 그는 가시와 함께 가시를 달래며 그리움을 품을 수밖에는 없다. 물론 이 방식은 필연적으로 통증을 수반한다. 이렇게 한다고 해서 그리움이 줄어들거나 사라지는 것은 아닌 까닭에, 그리움이 찔러올 때마다 그는 "피 냄새를 맡고 광분한 짐승"과도 같이 지리산을 뛰어다니거나 날밤을 새며 시와 씨름할 수밖에는 없을 것이다.

사람마다 부과된 자기 업보가 있다면 그에게는 가시의 그리움이 그것 아닐까 싶다. 그럼에도 불구하고 내게는 그의 이 마음속 가시가 마냥 부정적으로만 다가오진 않는다. 그가 시를 쓰고 노동을 하며 살아가는 것도 다 이 가시의 충동과 추동 덕분인 것이다. 그야말로 가시에 의한 존재의 확인이다.

그런데 가시가 촉발한 이 같은 그리움의 통증을 가라앉히는 것은 희한하게도 앞에서 적은 고요의 시적 순간들이다. 고요가 가시를 다독여 떠오른 그리움을 달래는 것이다. 물론 그렇게 달라진 그리움은 그에게 다시 삶의 어떤 생동을 심어줄 것이다. 가시라는 그리움의 순환이다. 그 과정에서 때론 눈물샘 아롱질 터이지만 산다는 것은 어차피 눈물 이쪽저쪽이다. 그리운 눈물이거나 즐거운 눈물이거나 어느 한 쪽이 앞서거니 뒤서거니 닥쳐오는 것이다.

그런 점에서 가시는 고요를 이끄는 그리움의 원천이자, 삶의 에너지라고 볼 수도 있다. 잘 다독거리며 통증을 견뎌내야 한다는 전제가 거기에는 반드시 깔리지만.

4.

송태웅은 최근, 고요로 마음속 가시를 달래가며 일을 시작했다. 지금 여기의 독채를 삶의 중심에 놓고 구례의 일상을 펼쳐가고 있는 중이다. 나는 그의 이 선택을 굉장히 의미 깊게 바라본다. 이 행보에는 그의 이상향인 "최초이자 최후"로 "온기 있는 인간의 숲"을 향해 그가 '저쪽'으로 떠나지 않겠다는 의지 같은 게 읽히는 까닭이다.

바람이 긴꼬리도마뱀처럼
비닐문을 들치고 들어오나 보다
어둠이 미끈거리며 목덜미를 감쌀 무렵
방안에 웅크렸던 나라는 짐승을 본다

사람 하나였다고 믿었던 나의
껍질을 빈방에 결박해 두고

신원미상의 얼굴을 하고선
행자승처럼 새벽에 일어나
밥을 지어먹고
신발끈을 매고
쫓기는 사람처럼 집을 나선다

나는 당분간 일용노동자로 살기로 했다

내 등을 떠밀어 다오
서투른 몸동작으로
삽과 괭이와 해머와 철사와 커터 들을 다루는 나를
이제야 그들의 눈빛에서
체념과 순응의 본능을 읽을 줄 알게 된 나를
내 어머니에게 이런 나를 보여주고 싶다

새로운 인생을 향해
꿀꺽 침을 삼키는 나를

－「새로운 인생」 전문

152

그는 선언한다. "당분간 일용노동자로 살기로" 한 것이 바로 새로운 인생이라고. 비록 "서투른 몸동작"이지만, 그도 이제 "삽과 괭이와 해머와 철사와 커터 들을 다"룰 수 있게 되었다. 도구의 "체념과 순응의 본능을 읽을 줄 아는" 노동자가 된 것이다. 그의 삶에서 이는 상당히 뜻깊은 진전이다. "방안에 웅크렸던 나라는 짐승"이 자신의 삶 속에 비로소 고요를 넘어서는 생동을 끌어들인 것 아닌가.

기본적으로 우리가 숨 쉬는 자본주의라는 현실은 사람들에게 굴욕적인 삶의 방식을 요구한다. 누구든 살아남기 위해서는 돈이라는 스스로의 물적 토대를 갖추지 않으면 안된다. 송태웅에게도 이러한 삶의 조건은 마찬가지였을 것이나, 그는 이제껏 정주를 선택하지 않았다. 생래적이다시피한 그리움의 배회와 곡절들을 거쳐온 것이다. 그런데 마침내 그가 그 배회와 곡절들을 풀어놓고자 하는 것처럼 보인다. 상대적으로 지리산과 구례는 "새로운 인생을 향해 꿀꺽 침을 삼키는" 그를 기다리고 있고. 따라서 그가, "신원미상의 얼굴을 하고선/ 행자승처럼 새벽에 일어나/ 밥을 지어먹고/ 신발끈을 매고" 마치 "쫓기는 사람처럼 집을 나선다"고 해도 더 이상 불안해 보이지는 않는다. 분명 외로운 것 같은데도 어쩐지 쓸쓸하지만은 않은 것이다. 왜일까.

아마도 움직이는 고요 속에서 그가 관계와의 대화에 눈

기울여 가기 때문 아닐까. 혼자 사는 괴로움 중 가장 큰 것이 말상대 없고 눈 맞출 대상 없는 것이라고 한다. 이렇게라도 하지 않으면 고적감의 포로가 되어 견딜 수 없을 것이다. 나는 송태웅이 "사람 하나였다고 믿었던" 그의 "껍질을 빈 방에 결박해 두고" 나선 상태가 이와 같다고 생각한다. 그도 드디어는 "최초이자 최후"로 "온기 있는 인간의 숲" 쪽으로 가시의 그리움 펼쳐내기 시작한 것이다.

사실 알고 보면, "최초이자 최후"로 "온기 있는 인간의 숲"이 저 멀리에 있는 것만은 아닐 것이다. 움직이는 고요 속 팽팽한 생동이 일으키는 삶의 순정함. 바로 그것이 저 인간의 숲일 수도 있지 않을까. 그래서 나는 송태웅의 이 '새로운 인생'을 마음 깊이 지지하며 등을 떠민다. 부디 그가 "최초이자 최후"로 "온기 있는 인간의 숲"에 둘러쳐진 안개를 돌파하길 바라며 그의 시 「안개」를 읊조리는 것이다.

리어카 가득
들깻단을 싣고 가는 노부부

앞에서 끌고
뒤에서 생을 밀고 가는
늙은 전사들

– 「안개」 부분

송태웅

1961년 전남 담양에서 출생하고 광주고와 전남대 국문과를 나왔다. 2000년 계간 『함께 가는 문학』 시 부문 신인상을 수상하며 등단했다. 시집으로 『바람이 그린 벽화』, 『파랑 또는 파란』 등이 있으며 이번 시집은 그의 세 번째 시집이다. 현재는 지리산 자락인 전남 구례에 거주하며 틈만 나면 지리산을 오르내리면서 지리산과 섬진강의 나날들을 구가하고 있다.

:: 산지니 시인선 ::

새로운 인생

1판 1쇄 발행 2018년 9월 17일
1판 2쇄 발행 2019년 3월 13일

지은이 송태웅
펴낸이 강수걸
편집장 권경옥
편집 윤은미 이은주 강나래
디자인 권문경 조은비
펴낸곳 산지니
등록 2005년 2월 7일 제333-3370002510002005000001호
주소 부산시 해운대구 수영강변대로 140 BCC 613호
전화 051-504-7070 | 팩스 051-507-7543
홈페이지 www.sanzinibook.com
전자우편 sanzini@sanzinibook.com
블로그 http://sanzinibook.tistory.com

ⓒ송태웅
ISBN 978-89-6545-544-8 03810